歌集

変若《をち》かへる

沢口芙美

短歌研究社

変若かへる・目次

I

Ⅲ

V

装幀　花山周子

変若かへる

をちかへる

I

風と胡瓜と

吹く風に混じりて聞こゆる「佐渡おけさ」いづこか盆の踊りしてをり

木立より圧すごとく降る蟬のこゑ命七日を燃えつくすべし

イギリスに蟬はをりしか朝の森に鳴くを聞きしと思へどおぼろ

この夏に訪ひしイギリス、コッツウォルズなだらかに丘陵のつづく田園

丘陵は牧草地にて羊飼へり野菜畑を見ることのなし

朝食のバイキングに葉物まつたくなし生の野菜を喰はぬ国らし

垣根よりひよいと兎の跳ねくるやヒルトップ、ピーターラビットの里

十日ぶりに見るわが畑耕せる畝に草生ふ夏の生命は

苗よりもその隙に生ふる雑草の力よ何にも頼らぬ力

つぎつぎに胡瓜の生りてひと夏を働き枯れたる蔓を片づく

生りたての胡瓜をカラスに喰はれにきこの夏カラスの舌も肥えゐて

丘陵のかの土は如何なる質ならむわが畑の柔らかきを手にとり思ふ

物育つ豊かな土に熟《う》成るるべし畑に肥料をたつぷり入るる

吹く風にまじりしきりの蟬の声ふと鎮まりぬ　日照雨《そばへ》来てをり

揚羽蝶かぶさるごとく蜜吸へば黄花コスモスかすかにしなふ

風つよく昨夜はありたり塀の外にしんと座れる青柿一個

夏野菜かたづくる畑にのこる茄子もの言ひたげに紫紺の実を垂る

ふるさとの柿　　題詠「果物」

茜さす柿の大実が箱に満ち今年も故郷久留米より届く

「ホークスの優勝」西日本新聞が柿を覆へり届きし箱に

南国の夕陽が卓にかがやくと目をほそめ見つ柿の朱の色

ふるさとの庭の柿の木四本よ枝のびのびと今も立てるや

瘤に手をかけてぐいと身を上ぐる木登りのコツは柿の木に得つ

適量の稔りのために木はみづから落とす白花、緑の小果

固きより柔らかめが好き朱の色の濃きを選べり朝のデザート

裸木に残る木守り柿ふたつ木の魂をかかげて冬へ

赤彦の帽子

渚辺にたてばひたひた寄る波の諏訪湖の何を語らむとする

煙草の火見てはしりける茂吉おもひ布半旅館の前を過ぎたり

島木赤彦記念館

ガラス張りの明るき建物の階のぼる赤彦には少しモダン過ぎるを

膝におく左手の指長きかな器用な人にありけむ赤彦

他の館に「貸し出し中」の品は何　展示ケースの一部空白

這ふごとく枝をひろぐる三百年の松あり柹蔭山房入口

山房は改修中にて人影なし土蔵の前に菅束積まれて

赤彦の危篤に百穂茂吉らの控へし部屋かしづまる母屋

秋の日のかげる山辺の道をゆく秋明菊の咲きみだれをり

赤彦の何を見むとす墓訪ね山路をさらに上りながらに

山の辺の木々に小暗きひと囲ひ赤彦一族の墓のしづまる

手折りもつ秋明菊を供へたり百穂筆なる「島木赤彦の墓」

一週間後、角館町「平福百穂とアララギ歌人展」

借りたると展示さるるは赤彦のカーキ色なる中折れ帽子

赤彦と百穂の友情篤かりき九十年後を帽子行き来す

廻船問屋角海家

〝下見板張り〟木目美《は》しきを目に入れて廻船問屋角海《かどみ》家に入る

太々とわたせる梁を見上ぐればゐろりの上にさがる太綱

浜辺よりぢかに屋敷に船を入れ荷を納めし蔵三階建てなり

出窓ある「望楼の間」に座りて見る海原　一隻の船あらはれよ

発電用風車がゆるく廻りをり海よりの風たのしむごとく

衣の館

半年を迷ひし胃カメラを明日は呑む　埒があかねば　なう亀よ

きれいですネ胃カメラ繰りつつ女医言へり影あるなどと誰が言ひしか

肝臓に水の溜まりて胃を押すと　年経し衣の館のごとき身

動かすたびウッと声あぐ柊の垣にふれゐるごとき右腕

肩の筋切れてをるとぞ布団干すとグッと持ちあげしあの時ならむ

左手に鞄も傘も持ちてゆく今は要なき右腕下げて

手術なら入院一週間リハビリ三ヶ月常に戻るは半年後とぞ

空など見ずまじめに仕事しますから腕の力を返して　神様

風に吹かれて

わが列車ときをり警笛鳴らせるは近づく鹿を追ひはらふため

丈高き草生に姿見えかくれ鹿四頭ゆく冬の湿原

ノロッコ号のだるまストーブ暖かくするめ焼けをりよき匂ひして

ストーブに弁当ぬくめ昼を待ちし冬の子供ら楽しかりけむ

山小屋のストーブ囲み酒をぬくめき五月残雪の甲武信岳山頂

ストーブにかざす手ぬくく思ひ出をおのづ誘へり原野走りつつ

ノロッコ号のラストランなり沿線に駅にカメラを構ふる人ら

オホーツクの風に吹かれて尾白鷲流氷にのり身じろぎもせず

遊びをせんとや

咲き満ちてひらとも散らぬ桜のはな観客ならぶ能楽堂前

松明をかかげて闇をひらきつつ火入れの式に男あゆみ来

かがり火に照らされ花の明るめり見上ぐる人の思ひふくみて

地謡を目つむりて聴く朝ごとに謡ひし父の声をしのびて

かがり火と桜にあかるむ夜の能　美女に眩む一角仙人

酔ふごとく美女に寄りゆく一角仙謀られし者のあはれが添へり

念力の失せし仙人の能終はりふくみ笑ひをしてゐる桜

*

花びらが服に付けるとあわてゐる媼のひとり認知症らし

手の甲に花びらのせてひとめぐり遊びをせんとや生まれて媼

花のもと暮らしの淵を離れゐる媼ふたりに遠からぬわれ

水無月の空

水無月の空じゆうわうに切りながら燕とびかふ尖る尾ひかりて
田園とあなどるなかれ赫赫と火を抱き時機を待つものあるを

蓼科山《たてしな》はかすみ浅間山《あさま》は背に見えず何処へも距離ある今日のわが位置

木々の間に風立ちて顕つわが青春先輩の「堀辰雄論」清書したりき

堀辰雄文学記念館

「生きめやも　いざ」つぶやけばかの冬のどうしやうもなき悲しみ甦る

あつらへし文机と椅子ひつそりと今も主待つ辰雄の部屋に

親しみと悲しみまじるわが辰雄　文学はかく生を浸しぬ

有島武郎別荘「浄月庵」

武郎の死憎む茂吉の歌おもひその家衆目に晒さる　痛まし

初島

海辺ゆくバスにゆらるるひとり旅なつかしき人思ひいづるも

あの人もこの人もなし若き日のわれも……海の涯けぶれる

なにとなく乗りて甲板に風を受く遠のく熱海近づく初島

ダイビング案内の店に人をらずウエットスーツ庭に干さるる

四、五軒のみやげ屋過ぎれば人家もなし海沿ひに島の半ばまでゆく

名を知らず鮮やかな色愛づるのみ浜に群れ咲く肉厚の花
雲の間より夕陽ひとすぢ海にさし万の魚鱗のひかるがに見ゆ

家ごもる夏

わが窓の網戸に鳴く蟬腹底より絞りだすかの力感の声

象徴といへる立場に内実を充たさむと努めたりしお言葉

象徴といへる立場の困難を身にしみて思はれし天皇明仁

しづかなる革命ひとりなさるるや夏の風野にそよぐ民草

膝痛め夏をこもれば娘《こ》が訪ひく暑をはらふ夕立のごときうれしさ

いくたびも娘の顔うかべ待ちたるに来ればさりげなしお茶など淹れて

娘の膝に抑へこまれて耳搔かる娘は楽しげにわれの耳搔く

風呂のタイル、流しを手早く娘は磨き諭せり小まめに掃除をせよと

家出でし娘らが実家とこの家を呼べりいささか複雑に聞く

北海道の鮭は格別とよろこべば大き切り身を娘のために焼く

ひと晩を泊まりむすめはカート引き朝顔の咲く門を出でゆく

ひと仕事しますと言はむばかりに鳴きフイと網戸を飛びたてる蟬

読む前に酒でも飲まうか届きたる分厚き封書をテーブルに置く

Ⅱ

茶の花

加賀市山中温泉

山中の町に入ればやはらかく身をつつみくる空気の甘さ

ここよここ私の場所は父祖の地に立てばいきいきと血さへめぐれる

草猛る一画フェンスに囲はるをしみじみと見つ家在りし土地

フェンス脇の草むらのぼり背戸にでる奥に変はらず小川が流る

この川に洗濯をする幼き手水面に浮かび来　むかしむかしが

木を一本渡せる橋が今もある昔よりやや位置のずれゐて

川わたり登れば炭焼き小屋ありき　七十年前のおはなし

庭のなか桂の大木在りにしを虚しく見上ぐ木々のその上

桂の木あらば黄葉美《は》しかるをその黄葉を見むと来たるに

藪ふかく踏み込みあへず倒されし桂の幹を撫でやりたきに

昭和二十年八月

目覚むればにぎやかな声家に満つ夜中に叔父の復員せし翌朝《あさ》

人に訊き道行き来してお堂に出るここより小川に沿へば墓地なり

二十ほどの墓が木立に立てる墓地苔むしたるは江戸末期の墓

苔むして読みがたけれど祖の墓にわづかに見ゆる安政の文字

刻む文字くきやかに墓の新しきはこの地に住みつぐ遠縁の墓

しろじろと今日の陽に笑む茶の花を一枝折りぬ墓地の端より

お堂のまへ長く急なる階段は見上げたるのみ蓮如堂とぞ

椅子、または夢

爪先に詰まるは夢かはた意欲　若者は先の尖る靴はく

ゴッホ作「ゴーギャンの椅子」

ああかくも艶やかな絵よ夢こもる「ゴーギャンの椅子」の本物を見る

「ゴーギャンの椅子」には本とローソクあり火の穂は照らす本の黄色を

二人の共同生活は二ヶ月で破綻。二年後ゴッホ死す

ゴッホへの涙にじめりゴーギャンの描きし椅子にひまはりあふれて

まぼろしの椅子と嘆きし大西民子夢も失意も椅子はのせたり

食卓の四脚の椅子日々ここに娘らはいかなる夢はぐくみし

「お母さま」と長女はメールに打ちてくる「ママ」と次女は絵文字を入れて

つれづれの折りにはどうぞとこのホテル部屋に『古事記』が置かれてゐる

秋の日に風に吹かれて聞く歌よボブ・ディランはわれと同齢

八十歳を期に賀状を止めるといふ帰雁の声を聞くごとさびし

ちぐはぐの老いの応へにとまどへど「恍惚の人」とこのごろ言はず

夫とけふも二人の夕餉歯の弱る夫にりんごを小さく切りて

わが傍の椅子はいつしか雲のうへ夢のもろもろ載せたるままに

平成終らば

過日、防衛省を見学

朝の門大きく開きつぎつぎに入りゆく職員一万人とぞ

台地に建つ庁舎へ一気に上がらぬやうずれたる階段、脇にエスカレータ

楢材のくろびかる床の大講堂　東京裁判なされしところ

中央の壇上に標す「玉座」とぞ赤きロープにゆるく仕切らる

大講堂にガラスケースの幾列か戦争資料のあまたが並ぶ

日清戦争、日露戦争の軍服見つ小柄なるかな当時の男子

荒木貞夫大将愛用の軍刀

軍刀のはつかに反りて尖鋭《さき》しひと振りに命断たるる怖さ

桜皮の持ち手の妙に大きかり中に刀を仕込みたる杖

硫黄島より打たれし電報に朱線入り皺ばみたるを声なく見つむ

旧陸上自衛隊東方総監室

何事もなかしりごとく整へり三島由紀夫が切腹せし部屋

入らんとする人に三島が斬りつけし刀傷三つドアに残れる

残りたるドアの傷撫づ衝撃をうけし事件の当時を思ひて

見上げたる白きバルコニー拳あげ叫ぶ三島がそこに居るやう

三島の声だれに届きし文学的政治的思ひ我に渦まく

死の九ヶ月前の録音発見さる

「死が肉体に入ってきた」と言ひし三島血まみれの死を予想したるや

*

ひろびろと新設道路成りてゆく立ち退きし家の跡を呑みこみ

広やかな畑なりしがひと月後通ればグループホームの建ちつ

お言葉を無理なからむと聞きにしが退位はすなはち改元ともなふ

平成の終はらば昭和また遠のく元号変はるはいささか複雑

平成の名にも時代にも慣れぬまま三十年の平成過ぎるか

秩父神社

石敷きて真すぐに延びる道すがし秩父神社の表参道

二千百年鎮座したまふこの神社知知夫の古き記述ゆかしく

権現造りの神殿　木彫りの龍、梟、猿らにぎはふその軒下に

つなぎの龍（伝、左甚五郎作）

波のごと身をくねらする青龍の雲を喰はむとする彫りの冴え

鎖にてつなぐがゆゑに青龍のいきいきと身をくねらすが見ゆ

北辰の梟

身は南、頭《づ》は北をむく梟のくるりとひらく眼かはゆし

目をひらき耳そばだてて口をあく三匹の猿は「お元気三猿」

よく見、聞き、もの言ふ猿を見し人ら政府の重税に我慢せざりき

風の音、否かすかなる鐘の音ここより遠くはなき音楽寺

音楽寺の鐘を合図に決起せし明治十七年秩父の農民

梟の見開くまなこ決起後の混乱悲惨かなしめるがに

ちちのみの語源と記せり公孫樹の雄木に乳根あまた垂るるを

かしのみのひとりとふいに口を出づちちのみ、ははそ、と口ずさみゐて

過日、工作船資料館を見学

沈没の船引き上げて展示せり北朝鮮の工作船とぞ

V字型の船首鋭きをただ見上ぐ錆びたる鉄船三十メートル

船底に小舟を納めさらにボート覚醒剤を密輸せむとし

中国漁船、日本漁船にも擬装する嵌め込み式の船名の漢字

船に積む自動小銃、軽機関銃、ロケットランチャー、多様なる武器

巡視船に追はれ荷を捨て自爆しぬ船員十名、船もろともに

捕まるより自爆選びし十名の船室を見つ　ただよふあはれ

安穏にあらぬ国の境界の波立つ日本海をわたりくる風

暗殺の暗の冥さよこの地球に生きる場なかりし金正男《キムジョンナム》よ

*

「辞めます」と低く呟きさびしさの湧くは見せまじ席を立ちくる

ゆずばうの語にうりばうの重なりて猪《しし》の荒らしし斜面おもひつ

膝痛め山にもゆかず猪駈けしかの山に春の木の芽吹く頃

水仙を見にゆかないか親しかる声にひろがる水仙群落

寒暁

描かねば生き甲斐なしと子を育てつつ一生絵を描きし小畠鼎子《こばたけていこ》

戦中も休むことなく絵の展覧会ひらかれしとぞ知りておどろく

空襲のつづく昭和二十年六月も龍子宅にて展覧会あり

川端龍子

冬の枝が鋳入るごときに薄く月　敗戦二ヶ月前の「寒暁」

「寒暁」に冬木の枝を走らせて長男戦死の悲に耐へし画家

ほつほつと枝に枯れ葉の残りあり何かつぶやくそのほつほつが

昭和二十年秋

垣に垂るるみどりの葡萄のいくふさぞ戦終はれる安堵絵に満つ

雨にぬるる黒きぶだうを茂吉詠みみどりのぶだうを鼎子はゑがく

ゆらぎたる鼎子の緑のやはらかさ男の画家の勁さに遠く

経消しの壺

島いくつ浮かべてけふの不知火海　天《あま》つひかりを容れてかがやく

島をつなぐ「天草五橋」の五号橋ゆるく弧をなす赤き橋脚

近づける橋にカメラを構ふれば船の立てたる波しぶき浴ぶ

立つ波のしぶきに小さき虹たちて瞬に消ゆれど　船の楽しさ

海のかなたおぼろに普賢岳の見ゆかすみの奥の尖る山頂

田植ゑはや終はりて早苗の細き葉が直ぐたつ四月半ばの天草

水田に早苗の細き葉が映りその影ゆるる　けふの陽と風

町山口川

天草の一揆に死者の千数百水漬きけるとぞ　川のぞきこむ

泣き叫ぶ声湧くごとし水澄めど澄まぬ悲しみ負ひたる川は

悲劇ありし川に架かれる石橋の苔生ひて風雪刻む石柱

外海に沈む夕陽を見むと待つ　待たせてゆらりゆらりと夕陽

キリシタン資料館

生きる世の厳しきゆゑにせつせつに神の救ひを求めし人々

エリ、エリ、レマ、サバクタニと呟きしか　踏み絵を強ひられし人

下の方をそつと踏みけむ黒ずめどマリアの顔は汚れてをらず

心まで支配されずと禁教の世にも信仰を捨てざりし人ら

懸命の祈りなしけむ天井裏のかくれ部屋に掛かる十字架

お上の目のがるる工夫はさまざまに柱の中のマリア像など

仏教に改宗させられたが

弔ひの読経を隣の部屋に居て壺に閉ぢ込めつオラショを称へて

読む経を壺に入れて消しをると僧は知りしや　闇こそは謎

いかばかり経を消ししか双の手に収まる程の壺の鎮まり

迫害を受けても信仰守りきれるかわが臆病をふと思ひたり

船溜まりの先に崎津教会見ゆ晴ればれと十字架は尖塔の上

少女の日持ちしロザリオいつ失せし　そを思ふなく過ぎし歳月

五月日曜

一本の電話に心潤へど蒼のひらくやうには応じず

風の吹くホームより入れば陽に温む空席が待つ　間もなく発車

霜降りし女といふか孀《さう》と書き夫を亡くしし女を指せり

蝶の片羽白きが二枚　門の前掃けばはかなき命にも遭ふ

自転車にミニカーネーションの鉢をさげ男《を》の子がゆけり五月日曜

「〜という人間です」つぶやきて二階にくれば窓よりの風

薬さし瞳孔ひらくを待ちてをり視野のにごるをかなしみながら

眼底も白眼も傷のなしといふわが視野なほも濁りてゐるに

気の変はらぬうちにとひとまづ手紙書く会へる日のまた在ると思へず

白子川辺に

ときをりは川を覗きて水の涼思ひつつゆく日盛りの道

板囲ひの隙より牛の尻が見ゆ都内にひとつ残る牧場

何匹ですか問ふを正して五十頭牛飼ふと答ふ牧場の主

一頭ごとに仕切られ顔を向きあはす牛舎の狭し　臭きを覗く

若き文明かかる場所にて働きぬ干し草ほぐす青年を見る

ひと月ごと北海道へ牛を送り広野にたつぷりと草を喰はすと

北の野にのびのび草を喰ふ牛の月と語らふ夜もあらむか

仔を産みたる牛より乳を搾るといふ搾らるるために身籠もれる牛

身を挺し人間のために働く牛　痩せたる背の骨立つを見つ

生まれたる仔牛どうするかは聞かず牛舎離《か》れつつ気になりてをり

川沿ひに草地ありしが家増えていつしか斯かる狭き牧場

よつば牛乳北海道より取り寄せき共同購入の昔の仲間よ

わが家にて山羊を飼ひにき乳搾るは中学生のわが役なりき

張れる乳房もみつつギュッと搾る技を右手はまだ覚えをり

土手に山羊放ちて草を喰はせにき筑後川原のひかりの中に

泉より湧く白子川水澄めば茂る水草に鴨ら居着ける　千代國一

この川辺朝夕あゆみし千代國一逝きて六年　面影なつかし

川の面に影を映して軽やかに蜻蛉飛びかふ秋近きかも

劉暁波獄死したり。一粒の麦となれかし彼の大陸に

ミサイルが日本の空を飛び交ふ等ありえぬことはありうること

台風の近づき木々の揺れしげし抗するごとく圧す蟬の声

新しき墓

玄関の傘にひそみてゐる蟬の鳴きて飛びたつ傘ひらくとき

暑き陽におもはず帽子かたむけるはらからとゆく墓詣での道

兄さんと声をかけつつ墓を撫づ夏日に灼ける新しき墓

二年前の盆には共に寿司食みき掠れ声電話に聞きしが最後

人生の旅を終へたるわが兄の永久の時間に入りたる形

遠からずわが墓要るに思案もなし野の草陰の下にならむか

根なし草のわれを思へば父母のとなりに眠る兄うらやまし

町なかの墓地なるに或る日墓失すと空き地をさして弟の言ふ

この墓地よりはるかに見ゆる生駒山その奥に二上山も見ゆ

二上山むかし墓石を切りだす山　掘り跡くらきを覗きしは去年

二上山の夕陽に悌人《おもかげびと》を幻《み》し南家郎女の恍惚おもふ

神無月

文明論書きて困憊　寝ころびて聞く長月のつくつくぼふし

柿の実の色づくがあり未だしありひかりを抱くやうな枝々

神々の出雲につどふ神無月お留守の宮に頭《づ》を下げて過ぐ

這ひだせるかまきり瑞のみどりいろ　すつかり秋になりましたね

戦争をする国にしてはならじ選挙を前に電話ひそやか

道路用空き地にけふは作業あり消えたる家をおもひて見つむ

荒れ庭にほしいまま咲くコスモスに心はしばしコスモスの中

枝しなひ多に生りたる柘榴の実はじけよ弾けて知恵の実こぼれよ

Ⅲ

三月の日々

三月一日、早朝、階段より落ちる

なんといふ愚かわたしとしたことが階段下にうづくまりたる

たぶん打撲、身動きできず伏すままの廊下に頰の触れて冷たし

夫は出張中、家にはわれのみ

朝より電話二本に宅急便こんな時に……と呻きつつ出る

しばらくはソファに身を臥せ見る窓にみづみづしく紅梅咲きて青空

紅梅のひまひまに銀の花のごと雨滴きらめく嵐の過ぎて

遠き世に牽かるるごとくうつらうつら生命の尽くるはかかる感じか

三月二日、短歌講座

用意せるプリントをファックスにて送りともかく今日は休講とする

右に左に向き変へそろりと身を起こす背中の痛みに声あげながら

三月三日

散らし寿司けふは作る日材料は揃へてをれど今年は無理だ

次々と郵便物

締切のあればともかく読みてゆく再校正ゲラ二〇〇枚

前屈みになれねば足を頼みたり物を運ぶと適宜蹴飛ばし

三月四日

庭に咲く紅梅の香を送りやらむ遠く住む娘《こ》のけふ誕生日

玄関に飾れる雛を仕舞ひたり夫とわれのみ今年見たるは

三月五日、大学病院、ＭＲＩ検査

ダッダッダッ連打音して腹の辺の温し電磁波なにを映すや

レントゲン写真を示し腰椎一番胸椎十一番骨折と言ふ

コルセットの採寸

紙束のごときを濡らし身に塗らるたちまち乾き形となるも

三月八日、短歌講座出講

情けなき歩きはすまじ雨のなか帰りてくれば右脚腫れたる

夜は区の「街作り懇談会」

講座にて体力尽きればこの夜の会議はとても、萎るるわたし

三月十一日、東日本大震災より七年

三人子《みたりご》と母を亡くしし記事に泣く七年われは何もせざりき

被災地の宮古市を案内《あない》しくれし人ことし連絡なきが気懸かり

ブリューゲルの「バベルの塔」の絵見たるとき福島原発をおもひしは何故

三月十二日

白きつばき赤きつばきの落ちてならぶ一隅浄きに足を止めたり

寝に就くも起きるも苦しき背の痛み軟体動物羨《とも》しきものよ

何気なく掌《て》につかみたるわが肩の薄し過去《すぎゆき》はかなかりける

三月十三日

芽吹かぬ木多きがなかに白木蓮咲きてひかりはそこより放つ

三月十四日、ホワイトデーとか

「子持山若かへるで」と寄越しし歌突き返したり昔ぞファルス

三月十五日

天啓のごとき歌読む「幸も不幸も　今のおまへに丁度よい」と

コルセットを鎧のごとく身に付けて今日を始む無事なれ一日

手紙

覚めぎはのかなしくあればともかくも今日は手紙を書くべしと起く

もつれたる糸のほどくるごとくにもペン持てばするする出でくる言葉

いくたびも胸に確かめしことなれば難なく書き終ふ一通の手紙《ふみ》

胸中の積もる思ひも一通の手紙となればこの軽さ　はや

水にふる雪のしづかに消ゆるごと手紙書きたるかなしみ鎮めむ

雪渓をわたりて夏の鳥海山頂上にあふぎし碧深き空

悪沢岳より赤石岳へ牛の背をゆくごと気怠き歩行も忘れず

辞めますと告げて胸底のかなしみは伝へがたしも　遠くゆく雲

三十余年この会にて知りし山　わが世をいかほど豊かにせしか

山行の思ひ出つぎつぎ湧きくるも仕事にもどらむアルバム閉ぢて

肩の筋切れてゐたれば動かすたびズキリと痛みのはしる右腕

終はりたり終はらせたり身の丈に暮らし整へゆくべき年齢

ゆゑもなき悲しみに浸りゐし二日水仙切らむと庭におりたつ

霓裳羽衣

未来ある声の明るさ路上にて身をふり歌ふ歌手十四歳

人しげく行きかふ脇に僧ひとり合掌して立つそこのみ静寂

蓮の花白きがあまた陽にかがやく池の浄土よ　初夏晴天

拝むごと掃き寄するごと前肢《あし》のゆるく動けり池の泥亀

紫に青に白にと花菖蒲とりどりに咲く苑をうづめて

花には名がつく

四方海、夕日潟、佐保路、ゆかしき名読みつつ霓裳羽衣《げいしやううい》に目を止む

赤紫の大輪の花霓裳羽衣　雨の日人と共に見たりき

「あづまあそびの」謡のひとふし口をつく霓裳羽衣の語を知りし曲

声低く「羽衣」謡へばおのづから扇をかざす所作のともなふ

ほたりほたり葉末のしづく密やかに人と逢ひにき何にか急かれて

一人静、二人静と森をゆき摘み語らひき季節のたびに

人に逢はず幾年になる　とほく訃を聞けどかなしみ告げる術なし

ふいに湧く感傷にぬるる心ならむ花々の間にその心置く

「昔は飲めた」来るたびに聞く声　清正の井《ゐど》の澄む水飲用禁止

氷浮く梅酒ゆるりと喉を過ぐ事務的に手紙書きたる後を

拉げたる心のもどるあてのなし紫陽花雨に深く頭《づ》を垂る

竿竹はいかがと売り声近づきく昭和の日のごと　三日ぶりの晴れ

どこの訛りと聞きてゐたれば日本語にあらず朝の混みあふバスに

窓口にトイレに「杖の置き場」付きいつしか老化すすむ世となる

カウカウと意地を張る声ふりだせる雨に鴉も不機嫌なるらし

夏の甲斐駒ヶ岳

仙丈岳下りて仙水小屋に入る傍の小川で汗の身拭ひ

雨風に前回はここにあきらめし摩利支天を過ぐ頂上めざし

真白なる岩稜広がり頂上へそそるに呆然　如何にし登る

頂上へ岩稜白々とそそり立ち夏日に泰然と甲斐駒ヶ岳

巻き道にて登り頂上に風を受く直登を避けしが少し口惜しく

頂上でいつもバナナを食べると友に言はれる

頂上で食ぶるバナナは格別よ登りし安堵と下山の活力

駒津峰過ぎて麓へあとしばらく冷えしビールを思へば足早

背負ふ八月

木々の葉を打つ雨音のちがひなど心の在り処さぐりつつ聞く

ゴーヤーの蔓先およぐごとゆれをり摑むものなき雨風の中

摑むもの在れば巻き付きいきいきと蔓のばしゆくゴーヤー、きうり

伸びてゆく生命を負ひて蔓先の細きに秘むるもの侮れず

風に遊ぶときもあるのよ蔓先のホホホとゑみてわが肩に触る

手作りのフルーツケーキ送られくれ結社の悩みも書き添へられて

私ごと少し聞いてと戦中の過酷な体験を綴りたる手紙

負傷者の手術をらふそくの火のもとに手伝ひき看護見習ひとして

暗闇に切断されし太股の重かりしこと忘れず今も　と

生くるかぎり背負ふ八月と九十歳の記す言葉に心糺さる

マチュピチュの夜

峡谷《たに》をぬふウルバンバ川に沿ひてゆく窓広き展望列車に乗りて

峰とがり草木乏しと山を見つ乾季にあれば岩のみ目立つ

終点は谷に広がるマチュピチュ村みやげもの屋のひしめき並ぶ

開園の六時に入らむと遺跡行きバス待つ人らの長き行列

ワイナピチュ峰に登る

一日の登山四百人に限られて一時間ごとに入る百人

指定されし八時に行きて名と齢を記しワイナピチュ峰めざす

登山路の狭く交差する難し入山制限もうなづかれたる

急登つづく鋭き山に登りつき見おろすマチュピチュ遺跡の全貌

ワイナピチュ、若き峰の意　若からぬ我が登りて見わたす峰峰

ここに来たるわれの温みを残すべし頂上の岩に掌を当つ

峰をぬふ「インカ道」見ゆアンデスの山地をかつて行き交ひし人ら

石垣を作り斜面に段々の畑ありここに得たる食糧

羽根ひらくコンドルの形の石組みの厳か　天と地むすぶ神とぞ

ミイラ、若く健康な女といふ

従容と乙女は逝きしか神のもとへコカイン利きたるコカ茶を飲みて

神殿に石組みの窓三つ並ぶ冬至、夏至の陽ますぐに射すと

仔に乳を含ませながらアルパカが草をはむ段々畑の真昼

征服者スペイン人と憎げに言ふガイドはケチュア族の血を引く女

わが登りしワイナピチュ峰を返り見る青空に立つ尖れる峰を

石垣にうさぎ現れ「遠くから来たのネ」と言ふごとき目をする

鞣したるやうにピタリと石を継ぐインカの民の技の見事さ

夕陽うけマチュピチュは白くかがやけり水晶多くふくむ石ゆゑ

十五年を日本に留学したるとふガイドさん介護の仕事しながら

黒き粒つらなる紫たうきびのジュースは甘く濃厚な味

固きかと思へどアルパカの肉うまし酢をきかせたるカルパッチョにて

料理の皿いつも彩る紫の小花はモラド　蘭の花なり

閉園の五時に人去りしんしんと石の遺跡にそそぐ月光

山上にかく精巧な都市築き忽然と人ら消えて五百年

発見された時、草木に覆はれてゐた

マチュピチュを捨てしを神は悲しみけむ人去《い》にしのち草木に覆ひて

背の高きビルの残骸ばかりならむトーキョーといふ遺跡出づれば

悼・磯前ヒサ江

星空に南十字を探しゐる頃かこの世を君の去りしは

Ⅳ

旧き写真

もんぺ姿のわれが写れる二重橋前　昭和二十三年一月二日

一般参賀この年はじめて行はる六歳のわれに記憶なけれど

姉とわれ連れて皇居になぜ行きし中折れ帽の父　写真に三人

平成最後の一般参賀はいかならむ冬の陽に透く皇帝ダリア

おにぎりにするが楽しみ仙台の友よりの新米「だて正夢」

変若かへる

変若《をち》かへるいのち過ぎゆくいのちなど思へり山茶花いろ濃く咲けり

横断歩道わたりくるなかに懐かしき面影　あなたも亡くなつたのネ

眼鏡の奥またたきやすき眸など忘れず重なる時間の彼方に

さりげなく差し出せる手に触れざりき花びら散れる道に別れき

去年受けし手術にて済むとおもひしに頻脈起きて再手術とぞ

せはしさにかまけて確かに不養生アホウと鳴くやこの黒き鳥

階段より落ちて背骨を折りたるは校正に徹夜をしたる朝なり

去年買ひし吸ひ呑みをまたも使ふとき入院準備のカバンに入るる

病室にカズオ・イシグロ読みふけりし去年よ今年も仕事のいくつ

おもはずも痛！と声あぐそのたびに麻酔打たるるわが太股に

わが心房写るに医師らの詮議の声うすらに聞こゆ麻酔のまにま

終はりましたと言はれ安堵す点滴をさげて病室にうつらうつらに

身動きのできぬひと夜を闇に点る白き祭壇目に浮かびたり

五日間腕に射されたるままの注射針抜かれて退院となる

鍬放しおもはず草地に寝ころべり痛む背骨を伸ばさむとして

凹凸は適度の按摩ぢかに地が背の痛みを押すにまかする

草に寝て見る空ふかし紺青をしろくひかりて飛行機すぎつ

われと空さへぎるものなくあをあをと大海原にただよふ気持

いつまでのいのちか冬の陽のぬくく漂ひゆかむ彼の岸までも

下弦の月

西空にうすらに下弦の月のこる姉の危篤に急ぐ明け方

東より陽をうけ下弦の陰の月ぼうと浮く常は見えざるものが

命尽き病院より家に連れゆくと連絡を受く新幹線の中

駆けつくる座敷に今し枕経受けをり瞼をとぢたる姉は

四日まへ語りしと表情かはらざり息せぬ姉に身を伏せて泣く

いきいきと予定語りてけふ明日に死ぬとは姉も思はざりけむ

姉を呼ぶ母の声かも　母の命日一月二十八日が通夜

義理のなか身の細るまで努めけむ燃え崩れ骨の量の少なさ

誂へし実家《さと》の紋つく喪服にて二日を仕ふ姉おくるため

奈良にゆけばいつでも会へると思ひしに姉亡し　虚ろの大寒の空

中学生の頃

シェークスピア、エミリー・ブロンテ姉の本読みしがわれの文学初め

国文科にゆくなら読めとわたされき『古事記』大学の入学祝に

親類の集まりなど

よどみなく挨拶するはまづ姉で妹はただ頭《づ》を下ぐるのみ

母と姉ふかく諍ひたりにしが母には愛しわれよりも姉

母、姉の後に従《つ》くほかなき者はさりげなく身を離して生きき

言はぬまま胸にくすぶるものいくつ神は見てゐむ涙をぬぐへ

いくたびか月は満ち欠け満中陰　小雨ふる寺に縁者集ひぬ

骨壺より布の袋に骨移し墓に納まるをまばたかず見る

奈良に学び奈良に嫁ぎて生終へぬいにしへ深き地の土となる

岩山ウルル

昨夜我に従きて西へと動きたる月をシドニーの朝空に見つ

清澄の気をふかく吸ふ東京の肌にまとはる空気と違ふを

アボリジニの聖地なれば一礼し登りはじむる岩山ウルル

草木ひとつなき岩山を鎖攀ぢよぢて直登の三百メートル

灌木の陰に野生のラクダ来て草食めり人間を気にするとなく

夕陽うけ赤くかがやくウルルはもむらさきに翳り闇に沈みぬ

朝日、夕日にかがやくウルルの神神しくアボリジニは敬ふ今も

明治神宮遷御の儀

参拝者おほかた退けたる夕ぐれを大鳥居に一礼して入る

日中の猛き暑さを枝々にかかへ鎮める境内の木々

神殿の前に幾張りの大テントありて参列者の一人として座す

ザクザクと木履の音し五、六十名の宮司の列が仮殿へ向かふ

いくたびか拝礼をする宮司見え白幕さつと仮殿に下る

灯り消え仮殿の内の動き見えずただ目をこらす耳をそばだつ

何事か奏する声と気合ひあるうなりの声と幕の内より

闇のなか宮司の動きおぼろにておのづから列なす宮司のあまた

仮殿より本殿に向かふ列が見ゆ歩む先すばやく敷物しかれて

刀、弓らしきが更に傘がすぎ幕におほはるる何物かがゆく

しづしづと運ばるる幕の内なるもの御霊なるべしただ畏まる

街中の神宮《みや》のかなしさ儀式の間を花火とヘリコプターの爆音絶えず

新しき本殿に御霊遷されぬ参列者八百人ふかぶかと礼す

境内を出づれば街のかしましきに清しき気分保たむとゆく

意外に多彩——平成じぶん歌

平成元年

ああ昭和終はりぬ何にか急かれきて朱の雲消ゆるまでを見つめつ

六月四日　天安門事件

デモ隊をおそふ軍隊見るに耐へず'60年安保を思ひて涙す

平成三年十二月　ソ連崩壊

社会主義を尺度に世界が見えてゐた二十世紀よ　遂に終はるか

平成四年十二月四日

わが背骨のごときが父親の存在としみじみ思ふ　父を失ふ

平成五年十二月　岡野弘彦主宰「人」解散

憾みごと言ひてもむなし結社より解かれてせいせい大きく伸びをす

平成六年五月　「滄」創刊

歌と論の勉強の場を欲ししのみ編集に精力かく使ふとは

銀婚式　娘らより祝にハワイ旅行を贈らる

ワイキキの海の夕陽に照らさるる家族四人のひとときの幸

平成七年　阪神淡路大震災

「大丈夫?」朝六時すぎ電話をし母の声聞きしがその後は不通

高速路ぐにやりと折れて長田区の燃えさかれるを声なくみつむ

平成八年　練馬区民代表として北京市海淀区を親善訪問

「スミマセン」北京の地に足触れるとき小さく詫びる日本の過去を

老いたれどさすがの顔つき袁世凱の孫なる人と言葉をかはす

平成十二年（二〇〇〇年）一月一日　前夜よりミレニアム・イベント

二〇〇〇とは夢の数字に思はれて大歓声にミレニアム迎ふ

コンピューターの誤作動に備へて

丸の内ビル街夜通し灯のつくを走り続ける山手線より見る

「2000・1・1」スタンプ押さむと郵便車未明の神社に待機してをり

一月二十八日　母死去

誰とも話したくなし外出も嫌　母逝きし後二ヶ月籠もる

八月

エッフェル塔に２０００の文字のきらきらしセーヌ川船に夕餉とりつつ

平成十三年六月　大阪教育大学附属池田小学校児童殺傷事件

家族にも言へぬと姉にひそと電話池田市に住む兄を思ひて

九月十一日　アメリカ同時多発テロ

WTC《ワートレ》に飛行機突き込みくづれゆく――今起きてゐるを同時に見てゐた

平成十六年　ここ二、三年熱心に山に登る

なにゆゑかかなしく心充ちてもゐる山道をただ独り歩きて

五竜岳へひたすら登り誰もゐぬ頂上の岩を踏みて遊びき

平成十八年　ヒマラヤ・トレッキング

経文を記す旗たつ村を過ぎさらにヒマラヤ山中深きへ

平成十九年　百名山完登

頂上に雲を眺めて心放つこの喜びに導かれきて

平成二十三年三月十一日　東日本大震災

二駅を歩き駅にてトイレ借る何が起きたか未だわからず

平成二十五年

ようやくに次女は嫁ぎ長女はも仕事に一途　我に孫なし

平成二十六年　「昭和天皇実録」完成　九月九日より一般公開

宮内庁に朝より並び実録をまづ読む昭和十六年、二十年の巻

十月十九日

父母の齢にまだ届かぬにと悲しみぬ七十五歳兄の逝きたり

平成二十九年一月　トランプ氏大統領に

アメリカに知性あるかと危ぶみぬ根深きエゴに気づかざりしよ

十一月　入院

わが身体すでに衰へ不整脈を打つ心臓にカテーテル穿刺術

平成三十年

父母の骨わが秘め持つを誰も知らず時に手に載せ語りかくるも

十一月　金婚式

娘らより祝にバラの五十本　一花一花に五十年の影

V

おんこの実

ひさびさの釧路の海よ港にはクルーズ船が碇泊してをり

整備されしづかな岸壁　つらなれる漁船に賑はひたりしは昔

魚仲買の伯母の大きく白き家　港のそばに一軒残りて

伯母逝きて幾年になる香たきて仏間に古き写真を見上ぐ

庭に摘みおんこの赤き実を食みぬ伯母を偲べばほのかに甘し

みどりなす芝生に白き花かともふはふは在るは鳥の羽なる

*

二十日前見し海はさらに藍深し此たびは義兄の弔ひに来て

線香を継ぎ足しながら柩守り兄弟、従兄弟らと夜を通したり

鉄工所を親より受け継ぎ一族の長とし甥や姪の世話もす

草枯るる原野をしばし走りたり亡骸となりし義兄を伴ひ

しろじろと炉より出でたる義兄の骨、頭、胸、脚ふとぶととして
亡き人を浄めるごとくうつすらと焼き場は雪におほはれゐたり

風雨順時

四十年そばを通れどけふ初に門をくぐりぬ駅前の寺

門に立つ碑をつくづくと見つめたり「日月清明　風雨順時」

「風雨順時」とも言へぬ台風の荒れざま地球は何を告げゐる

先とがる碑は日清の戦役に命落としこの地の若者

秋祭り賑やかになすを幾度も見たり地域に根づける寺なり

時雨はらはら

訪ねたる者に何をかささやける一乗谷に時雨はらはら

廻廊の長きを足早に上りゆく修行の僧の若き筋肉

永平寺

共に見て幾年になる寺庭の黄に透くいちやうよ姉ことし逝く

七色のくきやかな虹に声をあぐ時雨ののちの天のご褒美

東尋坊　義経主従

逃るるは必死の覚悟　つぎつぎと追ふ波　切り立つ岩を打ちたり

岩を打つ波に飛沫の高く飛ぶ　海の向かうは韓国　北朝鮮

ひかりつつ大きく蛇行する流れ九頭竜川の河口が遠見ゆ

望月を見上げておもふこの月の欠けるにつれて尽きし命を

かうかうと照る月のもと帰りくる七日後姉の一周忌なり

破れ

絵の下部に破られたる跡のありあの絵はたしか青木繁か

わだつみのいろこの宮の山幸彦　壺もつ乙女の裾は破れて

破りたる者のうつぼつの情加はり傷なきよりも絵を強くする

ありありと絵の破れが目に残りたゆき身起こす朝の床より

コロナ禍はいつ収まると問ひたきに答のいまだ見えぬ苦しさ

印をむすぶ

印をむすぶ右手の指のうつくしさ止利仏師作如来坐像

中指のすらりと伸びて俗まとはぬそのすずしさに眼吸はるる

印をむすぶ形おもはず真似てをり胸のよどみの融くるごとしも

渡来人としての誇りをその技にこめたであらう鑿使ふ止利

千五百年すこやかに印をむすびたまふ世の変転の外に在して

菜の花の箱にあふるるほど届き飾れば部屋に春の楽満つ

開花宣言あれどひととき雪ふりてテレビは今日もコロナ禍を告ぐ

ウイルスのはびこる船を下りるともこの地球より下りやうもなし

雨飾山

オキノ耳トマノ耳土合と出でくるに夢のなか山の名が浮かびこず

サッカー・ワールドカップ共催の頃

隣国の歓声ひびくや山行くに標識は韓国語併記されゐつ

うつくしき名に惹かれ菅の高く生ふる藪を登りき雨飾山

頂上は雨降りやすきか雨乞ひか雨飾りの意味を問ひつつ登る

一枚の山岳地図を見て楽しむ妙高、火打、黒姫、戸隠

雪融けて深山は緑芽吹く頃その新緑を縫ふ山路見ゆ

「おいでよ」といざなふ木々の声すれど家に籠もりぬこの三ヶ月

若葉の五月

朱ににごる大き満月東天にあらはる義弟けさ逝きたるを

おとうとの最後に逢ひたき姉兄にいま札幌に来てくれるなと

いくたびか電話に話せどやんはりと遂にはきつぱり「来るな」と言はる

東京より行くはウイルスの運び屋と思ひをるらし願ひ届かず

独り身のおとうと身内におくらるるなく焼かれたり逝きて三日後

誰も居ぬ部屋にさびしく置かれゐむ骨壺　骨となりしおとうと

去年会ひしさびしき面よ末期癌ゆゑ半年の命と聞きし

カレンダーの五月は青空に気球浮くコロナ禍の日々を予想もせざりき

道の辺をスケートボードに遊ぶ子の口をマスクが白くおほへり

さまざまの事情を持ちて家ごもる人らか瑞の若葉の五月

楽聞きて午後をこもればコロナ禍も人の生死も身には遠しも

午後の風しだいに荒れて庭の木々ゆさぶりやまず何に怒れる

ふいに曲変はりてベースはやはらかに奏でる「A列車で行こう」と

ひらたき時間

朝のドアひらけばジジと足元より飛びたつ雨夜を羽化せる蟬は

八月になりてやうやく梅雨の明く蟬はれやかに鳴きたててをり

広島に鳴きゐる蟬に庭の蟬和して声あぐ八月六日

広島に住みしは三十五年前ひえびえとあり虚のごときが

蟬の声遠く近くにひびきをり短き命ぞ精込めて鳴け

瓶にさす白菊にほふ初盆を迎ふる三人の身内偲べば

人と会ひふくらむ時間、家ごもるひらたき時間、ひらたきに耐ふ

湿原にて

あざやかに色づきたりし公孫樹の木ひかりの塔となりて道の辺

校舎より合唱の声しばらくを聞かず生徒の口もマスクで

パンデミック、クラスターなどと耳打てどウィズコロナと言へるは嫌ひ

たかだかと皇帝ダリアの花咲けりそのうすむらさきの秋空に冴ゆ

皇帝におよそ縁なき畑にてはなやぐダリアをうち仰ぎたり

＊

めざむれば真白に町を雪おほふ北の地ここは　釧路に来てをり

製紙工場、太き煙は横に折れ朝の風向きリアルに示す

冬に向かふしづかな覚悟　湿原に木々は葉を脱ぎ枝かはしあふ

葦の間を縫ひゆく流れ水青くかがやく夏はことに美《は》しとふ

人界と無縁にありし歳月を経たる静けさ吾を魅きやまず

岬へと続く細道のみぎひだり鞣し革のごと陽に照れる海

暮れはやき湿原の道に鹿の親子ふいにあらはれ急ブレーキ踏む

人間《ひと》よりも獣じざいに駆ける界　北キツネわれらの車見送る

マスクの沼

朱き花さくと見たるは葉の落ちてほどほどに実の残る柿の木

除菌スプレー座席にしかと振りかけて女座れり昼の電車に

濃緑の重きを脱ぎて黄に染まる木々よいつしか森明るめり

ひかりつつ青空を東へとぶ一機あふぐ私の心つれゆく

此処をはや抜けだしたきよ今もなほマスクの沼に足を取られて

路地

ああ今も変はらず路地の口に立つ小さき地蔵尊供花あたらしく

家並みの中になほ立つ一つ墓天明五年より二百三十余年

なつかしく積もる時間をそと潜る此処をはなれて六十年たつ

家失せて空き地となれる　家在れど人の気配なし路地を進めば

路地の奥ここがわが家うからからの声聞こゆるや耳すませたり

父母逝きて兄、姉も亡しほうと立つ過ぎし時間の過酷の前に

木々伐られ明るむ境内さびさびと昔の遊び場白角折《しらとり》神社

みな逝きて

卓上にりんごひとつが置かれあり過ぎがてに見るアパートの窓

西村尚、高瀬隆和、田島邦彦、作歌のはじめに出会ひし人々

みな逝きて我のみ残るひたすらに過ぎしといへど六十年は

羽根をふる割には進まぬカラスかな走る電車の窓より見てをり

目にしみる青色だつたフランツ・カフカが書くために借りてゐた家の壁

プラハ城内

プラハ城にはケーブルカーにて上りにき家並みの奥の狭き斜面を

葉をつかみ一年保つ空蟬の懸命見つむ歌浮かぶまで

冬の沈思

歩み入る冬の公園木の根もと落ち葉のなかにもどんぐりあまた

冬陽ざしほほゑむなかを父に向き投球練習してゐる少年

走る球するどき音してグローブへ冬の空気を突ききるその音

少年は何を夢みる父を相手に懸命にボールを投げ込みながら

木々いまだ冬の沈思に居るそばに水仙は白き瞳をひらく

茶の花のしづかな白が好きだつた隣の地より失せて久しき

腫瘍ありゆるやかに肥大してゆくがわれの寿命の尽きるが先と

もうすぐ八十歳になる

さりげなく通り過ぎむかつくづくと眺めてゆくかわが八十歳《やそ》の峠《たわ》

風がいたぶる

高層ビルの窓のひとつに西陽射しギラとかがやく街の目のごと

新宿の高層ビル群きらめくを遠見に病室のひと夜つれづれ

明け方を看護師の来、医師の来て諮るが鼻に酸素チューブ差さる

青黒く腕に残れる注射の痕ひと夜点滴うけてきたれば

電気ショック当てても不整脈つづくわが心臓よいつまで保つか

脈拍のまた乱るるや胸の動悸を椅子に静かに座して耐へをり

*

角に立つ欅の大樹の芽吹く葉を揉みてゆらゆら風がいたぶる

手術着に着替へ車椅子にゆく為さるるままなり術受くる身は

「切ります」と左の胸に刃の走り二辺三辺切らるる覚ゆ

静脈に針金スルスル入りゆく血管はああ全身《み》を巡る道

さまざまの町音するにじわじわと際立ちてくる救急車の音

つぎつぎにバス着き人ら降りてくるこの世の様を遠く見てをり

うなだれて痛みに耐へてゐる我をおもふ日あるや後にほがらに

ひさびさに青空となり白雲のはれやかに浮くをベッドより見つ

低き家並みの近景沈み遠景の高層ビル群きらめきて立つ

まんかいの四照花の白き花おほかた散りぬ入院半月

しゅくしゅくと受け取る「身体障害者申請要項」退院の時

いつ迄

「緊急事態」と電光掲示の文字ひかる人まばらなる駅前公園

デパートも洋品店もシャッター下り魔の棲むごとき暗き店内

人行きかひ常は気づかぬ駅裏の花壇の花をしみじみと見る

店に立つ看板いまは泣くごとし「餃子とビールは文化です」

スーパーのレジすまさむと靴マークに添ひて並べりああディスタンス

令き日々に和むと令和をはやししが予想もせざるコロナ禍まみれ

マスクせず新緑の気を吸ひたきよワクチンを打つ「迄」はいつ迄

鰻になる

退院をすれば先づせむ朝顔の苗の植ゑつけ梅酒の漬けこみ

「お母さん傷を見せて」と娘は遠慮なし我さへまともに見ざりしものを

左右の手こもごも不調　雨つづき庭に蕺草はびこることよ

プランターに朝顔の苗日々そだち支柱にまきつく蔓のうれしげ

*

起きぬけに一時間歩くと四、五日は思ひてつひに今朝歩きだす

歩きだし息切れのする胸の内なだめつつゆく散歩コースを

半分も行かぬに戻るわれの足のうぜんかづら見上げて溜息

鰻になるむかごは在るやふさふさに畑にしげる山芋の蔓

胡瓜茄子つぎつぎ実を生す夏野菜その勢ひに負けてゐる我

たわたわと花びらひらき朝顔は夢の名残のやうに咲きたり

掃きよする花殻に蟬の死もまじり昨日の元気な鳴き声惜しむ

刻々と

こつくりと緑の玉なす時計草むらさきあでやかな花の果てなる

努力したわけではないが見事なる老婆となりぬ身のこの皺は

しわ三十二否いな数かぎりなく艶の失せたり腕も胸も

「にんげん」を「にんじん」と読み目をこするそろそろ床に就くべき時か

真夜中の半睡半醒二時三時いつしか眠り浅き身となる

右肩の筋切れて痛むしくしくに体の処々を老いは攻めきて

暮るる前の青く澄みたる空の色刻々に空も月も色変ふ

たそがれに探しものをするごとく猫があゆめり畑の畝を

やがて満開

東天に在るか無きかに浮かびたる昼の半月恥づかしげなる

春畑に菜の種まきてゐる今をとほくウクライナは砲撃されをり

ふくらめる蕾のなかにおづおづと咲く一輪あり三月十七日

ウクライナにはどんな花が咲くのだらうあはれ連日砲撃つづく

溝を掘りつぎつぎ遺体を運びこむかかる現が戦争なるぞ

暗殺せよ　暗殺せよプーチンを　戦はすぐ止む　誰ぞささやく

桜花やがて満開　おだやかに花愛づる日のウクライナに来よ

享年八十　ほどほどと人は思ふべし死んでもをかしくない齢となる

ウィズコロナは嫌ひな言葉さりながらウィズコロナに三年過ぎつ

墓仕舞ひ

墓仕舞ひするとぞ弟より電話　桜花過ぎたる四月の半ば

山裾の杉の木立のなかに立つ二十基ほどなる群の二墓《はか》

彫る文字のうすれ「南無妙法蓮華経」やうやく読める古き墓石

弘化四年、俗名太左衛門と脇に彫るわれらの幾代前なる人か

線香と蠟燭点しつぎつぎに詣る甥姪つどへる九人

すくと立つ杉の木立に漂へり線香の香は芳しくして

わが為は　墓もつくらじ―。迢空の低きつぶやきふと胸にたつ

「きずつけずあれ」釈　迢空『近代悲傷集』

静かなる木立の中に眠れるも良からむ我がもし逝きたらば

墓あれば太左衛門はかく名の残り仕舞はば消えむ仕舞ひてよきや

大阪や名古屋より来たる甥姪ら自動車にて去る我は飛行機

しめやかに墓所に雨ふり戻りたる東京も雨　五月一日

雨止まば

雨あがり陽の差しきたり箱船をいづるがごとくそろりと外へ

屋根瓦ひかりを受けてかがよへり宙を行くがに屋根にさざなみ

ひさびさに会ひたる人は杖をつく籠もれる日々に体調変はりて

マリウポリ、キーウ、細かき鉄道網ゆくりなく知るウクライナの地理

長引けば死者増ゆるのみウクライナの侵攻早く止めよプーチン

初夏の空青澄むなかを爆音をたてつつ白き一機すぎゆく

野枝になるな国語教師が笑ひつつ我に言ひしが謎にてありき

伊藤野枝

ゆつくりゆつくり

人工の島に建つビルはたホテル生活臭のなき潔さ

いよいよ、か夫につき添ひ曇る日を訪ひたり「がん研有明病院」

受付をすれば渡さる専用ケータイ順番の来て低く音なる

ケータイの鳴るに従ひ診察室へその後採血、採尿検査

半月後、検査結果を聞く

癌なれど進行ゆるやか八十一歳なれば寿命とほどほどならむと

手術などせずおだやかに生きゆかむ癌を身内にゆつくりゆつくり

あとがき

歌集『変若かへる』は『秋の一日』に次ぐ私の第七歌集で、二〇一六年から二〇二二年までの六三八首を収めました。

平成三十一年四月で終わった平成時代までが一区切りと思い、初めは二〇一九年までの作品で一集を成すつもりでしたが、二〇二〇年以降に起きたコロナ禍や、その後のロシアによるウクライナ侵攻など社会の動きが大きく、令和以降、三年分の作品が溜まっていることもあり、二〇二二年迄の作品を収録することにし、やや、歌数の多い一集となりました。

途中で編集方針を変えた私に、丁寧に付き合って下さった担当の菊池洋美様に感謝いたします。

装幀は花山周子さん。周子さんは、幼い頃よりよく知っており、今回、その周子さんが、装幀をして下さるのが、とても嬉しい。

「短歌研究」誌に二〇一七年一月号より二〇一八年十一月号まで、毎回三十首、八回の作品連載と「平成じぶん歌」三十一首の発表の機会を頂いたことが、この歌集出版の機縁となりました。

編集長の國兼秀二氏に心よりお礼申し上げます。

二〇二三年八月一日

沢口芙美

検印
省略

令和五年九月十五日　印刷発行

歌集　変若《をち》かへる

著　者　沢口芙美
発行者　國兼秀二
発行所　短歌研究社
郵便番号一一二―〇〇一三
東京都文京区音羽一―一七―一四　音羽YKビル
電話〇三（三九四四）四八二二・四八三三
振替〇〇一九〇―九―二四三七五番
印刷・製本　モリモト書籍印刷株式会社

ISBN 978-4-86272-749-7 C0092